拯救大熊

感動人心的真實故事

Bear Rescue

A True Story

潔西・弗倫斯（Jess French）◎作者

高子梅 ◎譯者

晨星出版

前言

小朋友若是變成孤兒，我們都會很不捨。要是少了家人照顧或愛他們，我們更是覺得不捨。但我不曉得大家知不知道幼獸也會有同樣遭遇。

有時候是因為牠們的媽媽被獵人殺死了，或者被別的動物殺害。也有時候就像這篇故事一樣是因為天災的關係……喬治亞共和國（Georgia）境內有一條河川暴漲，淹沒陸地，硬生拆散了許多動物的家庭，有些甚至是因為來不及逃生而滅頂喪命。

這是一篇三頭小熊的故事。不是那三頭家喻戶曉、發現金髮

姑娘偷吃燕麥粥的小熊哦^{（注：著名的童話故事）}，而是真的還沒長大的三頭小熊（一頭是落單的小熊，另外兩頭是姐妹）。但她們都是孤兒……露易莎（Louisa）是因為洪水來襲，捲走大樹，而與媽媽走散。另外兩個小姐妹莫莉（Mollie）和喬治亞（Georgia）則是本來已經跟著媽媽安全離開洪災區，在山的另一處地方找到新家。但媽媽卻在出外找食物時不幸被殺害。是盜獵者下的毒手。

我相信除了她們之外，一定還有別的幼獸也有過類似可怕的遭遇，有的想必沒能存活下來。但在這篇感人的故事裡，你會看到這三頭小熊是如何獲得重生的機會。

我從來沒去過喬治亞共和國，但這不表示我對那裡的生物所遭逢的慘劇無動於衷。在**生而自由基金會**裡，我們全心致力於動物的救援……不管是因天災而落難，還是被淒涼地囚禁，都是我們的救援對象。所以當我們從別的慈善團體（梅休動物之家，The Mayhew Animal Home）那裡得知小熊的遭遇時，我們就知道一定得出手援助。

三頭小熊被救援之後，便被送到提比里斯（Tbilisi）的動物收容所，那裡有不計其數的動物……主要是貓與狗，只有她們三頭小熊。那些貓狗也是洪災的受害者。雖然那裡的人好心照料著她們，但她們必須要有一個更類似野外的生活環境才行。

這篇故事會帶你踏上她們的旅程，前往北希臘的大角星保護

區（Arcturos）。雖然我很久以前就得知她們的故事，但這故事直到今天都還令我感動莫名。當然基於各種原因，我們無法對每隻動物都伸出援手，但我們從來不放棄嘗試。在**生而自由基金會**裡，是沒有任何障礙和界線的，對於任何生物，我們都會試著提供牠們重生的機會。而我知道這三頭小熊已經重生了。

維吉妮亞‧麥肯納（Virginia Mckenna OBE）
演員兼**生而自由基金會**創辦人之受託人
*OBE 大英帝國官佐勳章

　　這是三頭小熊的眞實故事，莫莉、喬治
亞、和露易莎出生在喬治亞共和國的山林裡，
因連串的悲慘事件而被從此改變命運，故事裡
還提到她們的救援者所面臨到的挑戰，以及這
三頭小熊最後終於化險爲夷的美好結局。

喬治亞 小檔案

- 二〇一五年出生於喬治亞共和國提比里斯的野外
- 勇敢、精力充沛，很保護她妹妹
- 妹妹莫莉是她最好的朋友
- 喜歡在山上漫步

莫莉 小檔案

- 二〇一五年出生於喬治亞共和國提比里斯的野外
- 害羞、害怕人類，但抵擋不了蜂蜜和水果的誘惑
- 她最愛吃西瓜
- 喜歡在草地上打滾

露易莎小檔案

- 二〇一五年出生於喬治亞共和國提比里斯的野外

- 看到其他的熊和人類都會很緊張

- 她最好的朋友是派屈克（Patrick），派屈克也是一頭失怙的小熊

- 她最愛吃莓果

第 一 章

　　一群黑壓壓的蒼蠅繞著發臭的垃圾堆飛舞，嗡嗡作響。這是提比里斯的正午，你幾乎看得到垃圾堆上面浮著一層綠綠的氤氳水霧。要不是因為知道她就在那裡，你根本很難看得出來有一具小小的棕色身軀躺在一堆舊報紙、空罐、和食物包裝紙當中。小熊動也不動地癱在垃圾堆上，筋疲力竭、饑餓、再加上脫水。這不是一頭小熊該過的日子。但露易莎卻被迫過著這樣的的生活。

烏克蘭

克拉斯諾達爾

俄羅斯

索契

格羅茲尼

蘇呼米

喬治亞共和國
提比里斯 ★

巴統

薩姆松　　特拉布宗

亞美尼亞共和國
★ 葉里溫

亞塞拜然
共和國

土耳其

埃爾祖魯姆

開塞利

凡城

迪亞巴克爾

大不利茲

知識 小檔案

提比里斯是喬治亞共和國的首都。喬治亞就位
在蘇俄和土耳其中間。

12

熊很喜歡玩水，從小就在媽媽的教導下學會游泳。牠們會利用水來降溫、驅趕暑熱，抑或掩飾自己的足跡，或者潛進水裡躲開蒼蠅，在水裡抓魚、捉青蛙和水生昆蟲。也有些時候牠們游泳純粹只是為了好玩。

二〇一五年，六月，貫穿喬治亞的維爾河（River Vere）河水暴漲泛濫。當時洪水來襲時，露易莎已經跟媽媽和哥哥在水裡泅泳了好一會兒。一開始，她只注意到水位上升。但沒多久，水勢就洶湧了起來，即便要浮在水面上都不太容易。

13

　　露易莎的媽媽朝小熊們大聲噴氣。露易莎知道那聲音的意思是「有危險！」露易莎大力划水，想追上媽媽，卻被突如其來的急流攫住，拖上岸。她媽媽不斷用力噴氣要她快過來。露易莎費盡力氣想游向對岸，但水流太急也太強。最後她心不甘情不願地爬上岸，奔向附近一棵枝椏低矮的樹，瞪大眼睛看著媽媽和哥哥也跟她一樣奮力地想游到對岸。

露易莎的媽媽在河對岸不停地朝她的方向大聲噴氣。至少那聲音讓露易莎知道自己並不孤單。可是隨著洪水的怒吼聲越來越大,媽媽的呼喚聲漸被吞沒。露易莎很害怕。她閉上眼睛,身子貼緊樹幹,爪子深戳進樹皮。

過了一會兒,河對岸傳來如雷貫耳的撞擊聲。被她媽媽和哥哥爬上去的那棵樹竟倒栽進河裡,被急流往下游捲

成年的歐洲棕熊除非受到驚嚇或者在跟牠們的小熊溝通,否則鮮少發出聲音。母熊除了肢體語言之外,也會對小熊發出多種不同的聲音,包括呻吟、咕噥、低吼、咆哮、牙齒用力張合、張嘴噴氣。

熊這個物種總共有八種：美洲黑熊（American black bear）、棕熊（brown bear）、北極熊（polar bear）、亞洲黑熊（Asiatic black bear）、大貓熊（giant panda）、懶熊（sloth bear）、馬來熊（sun bear）、和安第斯／眼鏡熊（Andean / spectacled bear）。

歐洲棕熊（European brown bear）是唯一分佈在歐洲的熊，牠屬於棕熊的亞種。灰熊是棕熊的亞種之一。

去，消失在露易莎的視線當中。露易莎緊緊巴住身旁的樹，眼睜睜看著洪水肆虐山林。她又累又餓，而且好害怕，就這樣掛在樹上直到太陽下山，森林變暗，最後竟不知不覺睡著了。

第二天早上，露易莎的森林看起來變得完全不一樣了。許多樹都倒了，地上鋪了一層灰色爛泥。她還是很餓，但是不滿四個月的她根本不知道哪種莓果可以吃，或者如何捕捉昆蟲和小動物。以前都是媽媽抓魚給她吃，帶她去一些地方找黑莓果吃。還沒完全斷奶的露易莎才剛開始學習如何自己找食物。現在卻只剩下她一個了。

知識
小檔案

母熊會等到小熊
五個月大的時候才讓牠們
斷奶。她會讓牠們聞她嘴裡的味道，
讓牠們知道什麼食物是好吃的。

第 二 章

露易莎試著回想媽媽教過她的事，於是仰頭嗅聞涼爽的山風。可是現在所有味道都混在一起了，莓果的甜味消失在洪水和泥漿的硫磺臭味裡。但她總覺得遠處有肉味傳來，於是跟著嗅覺走下山，朝人類的城市前進。

她從來沒有到過山底下這麼遠的地方。這裡有很多食物的味道，除此之外也有別的味道。在山林裡，也就是露易莎生長的地方，很少聞到這種味道，但她知道那是什

麼，是人類。以前她和媽媽、哥哥穿過林子去覓食時，鮮少見到人類。要是看見了，媽媽就會把她趕進灌木叢底下，要她躲起來，所以露易莎知道人類很危險。

但露易莎已經餓到沒有選擇了。再不吃點東西，她一定會餓死。她才走近城市邊緣時，腐爛的水果味和酸腐的肉味便迎面撲來，雖然聞起來不若媽媽以前帶她去吃的那種新鮮食物，但也許足以止饑。露易莎的敏銳嗅覺一路引

母熊的首要任務就是保護小熊的安全和教育牠們。她很嚴格，知道她對小熊的訓練攸關著牠們未來的生存能力。而且牠們要學習的東西很多！

知識小檔案

多達三分之一的小熊無法活到一周歲。饑餓是主要死因之一。小熊在未滿周歲前,得靠母熊那富含脂肪的大量乳汁來補充覓食過程中得不到的營養。

知識
小檔案

導她走到市郊,找到一處堆滿垃圾的地方

　　露易莎一邊小心趨近垃圾堆,一邊四下查探動靜。等到確定附近沒有人類,才開始翻找硬紙盒和紙袋裡的食物,急忙吞下所能找到的任何一點食物碎屑,於是難免意外吞進一些紙屑或塑膠。食物雖然不好吃。但多天未進食的露易莎只要能往肚裡塞點東西就很謝天謝地了。可是就在她開始鬆懈警戒時,突然聽見腳步聲。人類!她慌忙地

挖鑿垃圾堆，把自己埋進去，希望人類沒看見她。

　　人類朝垃圾堆走近，但並沒在皺巴巴的雜誌和棄置的咖啡杯堆裡看見曝露在外的小熊耳朵。那個人只往垃圾堆上面丟了一袋垃圾就走了。露易莎一直等到人類消失在視線裡，才又爬出來，毛髮早被檸檬汁灑得黏答答的。

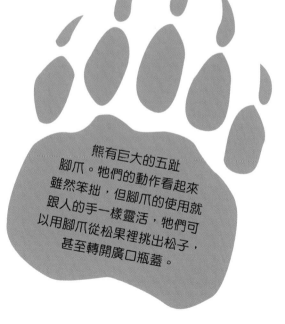

熊有巨大的五趾腳爪。牠們的動作看起來雖然笨拙，但腳爪的使用就跟人的手一樣靈活，牠們可以用腳爪從松果裡挑出松子，甚至轉開廣口瓶蓋。

在野外，歐洲棕熊主要是攝食
莓果、青草、香草、蔬菜、和木耳。
但如果有抓到魚和其他動物，牠們
也會吃。像熊這種葷素都吃
的動物，被稱為雜食動物。

知識
小檔案

　　這種日子很不好過，但露易莎只能繼續撐下去，而且
似乎還撐了幾個禮拜：她找到的食物只夠裹腹，根本吃不
飽。一開始，她還可以每天爬出垃圾堆，到林子裡遊蕩，
尋找任何可吃的東西。可是最大的問題是她找不到乾淨的
水喝。以前在山林裡，總有沁涼乾淨的河水和溪水可喝。
現在她只能喝泥塘裡的水和排水溝溢出來的水。露易莎得
隨時保持警覺，嗅聞空氣，查看有無人類靠近。只要一聞
到人類的氣味，就會跑回垃圾堆，把自己藏起來。

但是沒過多久，她就再也沒有力氣趁白天時候離開垃圾堆了。她虛弱到就連人類靠近，也沒有力氣躲起來。日益消瘦的露易莎並不知道少了媽媽的體溫和乳汁，她不可能熬過這個冬天。

在野外，小熊會跟在母熊身邊
十八個月到三十六個月不等，偶爾會
因母熊出外狩獵或者驅趕掠食者而暫時分開。
母熊會一邊養育小熊，一邊把所有求生技巧都傳授
給小熊，包括如何狩獵、挖洞、抓魚、和辨識危險。

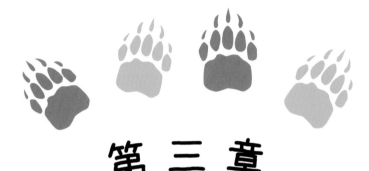

第 三 章

　　離露易莎的垃圾堆約兩三英里的地方，也就是再往山裡進去一點，有另外兩頭小熊也正試著獨自過活。因為洪水的關係，莫莉和喬治亞跟著媽媽被迫離開自幼生長的地方，遷徙到山的另一頭。她們的家園被毀，再也沒有食物可吃。當媽媽帶她們到新的棲息地時，似乎很緊張，那裡的樹木較少，而且有股從沒聞過的臭味，後來才知道是人類的關係。

她們的媽媽出去找食物時，就把她們留在一棵朽木的樹洞裡，她們目送著她離去，直到視線裡再也見不到媽媽那毛絨絨的厚臀，才開始在草地上打起滾來，互咬對方的臉。小熊性喜玩耍。但要是她們當時知道那是最後一次見到媽媽，應該會再凝視得久一點吧。

過了一會兒，突然砰地傳來一聲巨響。這聲音聽起來陌生又可怕。她們好希望媽媽快點回來。她們肚子餓了，只想偎進媽媽懷裡，吸吮那濃郁溫熱的乳汁。天黑了，小熊們開始害怕，大聲呼叫媽媽，懇求她快回來。可是她沒有回來。她們的媽媽已經被盜獵者殺死，被他們大卸八塊地賣到黑市裡。

莫莉和喬治亞等了又等。她們不喜歡這個新家。這裡安靜到近乎詭異，沒有小鳥唱歌，空氣裡瀰漫著人類的氣味。最後兩個小姐妹終於明白媽媽不會再回來了。肚子餓到很痛的莫莉和喬治亞就跟露易莎一樣試著幫自己覓食。她們不想留在這片新的棲息地裡，因為她們的媽媽就是在

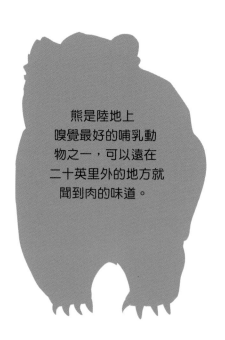

熊是陸地上嗅覺最好的哺乳動物之一，可以遠在二十英里外的地方就聞到肉的味道。

28

這裡消失的。可是她們也不能回去以前的森林，雖然莫莉和喬治亞知道森林裡哪裡有植物可以吃，可是大多被洪水摧毀。所以她們得靠自己的直覺，於是也被提比里斯的味道誘引了過去。

但莫莉和喬治亞跟露易莎不同，她們是大喇喇地沿著人類的馬路邊遊蕩。這裡的來往車輛不時會丟出一些垃圾，她們就在這些垃圾裡頭找東西吃。她們從沒見過車子，並不知道有人類坐在這些金屬箱裡，而她們從以前就很怕人類的味道。但不管怎麼樣，只要她們聽見有車子疾駛而來，就會趕緊逃開。

小熊的出現，也不是沒有人注意到。洪災期間，很多動物從提比里斯動物園逃了出來。有些人開車經過看見莫莉和喬治亞，就會懷疑她們是不是從動物園裡跑出來的。也有人很害怕，擔心有熊會從山上下來，入侵他們的家園。

沒多久，提比里斯當局便警覺到附近有熊出沒。經過調查之後，發現這些小熊不是從動物園逃出來的，而是野

母熊乳汁的熱量比
牛乳高三倍，脂肪多出
百分之二十，蛋白質多出
百分之十一。

生的熊。大家也都同意若是繼續留她們在路邊覓食，恐怕不安全，可能被車撞，也可能因為缺乏食物和乳汁而餓死。於是提比里斯市立動物收容所（Tbilisi Municipal Animal Shelter）派出旗下的緊急救援小組（Emergency Response Services）前去捕捉莫莉和喬治亞，將她們帶往收容中心，以策安全。

成年棕熊的跑速可
以高達每小時三十
英里以上。

　　要捕捉兩頭受驚的小熊，絕非簡單的任務。白色廂型
車才停下來，莫莉和喬治亞就往山裡跑，逃離引擎的聲
響。廂型車的車門一開，空氣裡立刻充斥人類的氣味。莫
莉和喬治亞認出那味道。就是這味道殺死了媽媽。

　　莫莉和喬治亞飛快逃離人類。雖然她們年紀還小，又
因為吃得不好而體力很差，但逃跑的速度還是快得驚人。
喬治亞跑得比莫莉快，卻仍不時停下來查看莫莉有沒有跟

上。自從她們的媽媽死了之後，兩姐妹就變得更親了，什麼事都拆散不了她們。這時突然眼前出現一個人類。原來有第二輛車趁小熊們沒注意的時候先停在山上。越來越多人類從山上朝她們走來。他們在捕捉小熊時都盡可能地放輕動作，再很快地裝進後車廂，駛往另一處新家。

第 四 章

　　莫莉和喬治亞被抓到的時間，也跟露易莎不再把自己埋進垃圾堆裡躲避人類的時間約莫一樣。沒有乾淨的水可喝的露易莎因脫水過度而虛弱到幾乎動彈不得，於是沒多久就被人類發現。當時他們以為她死了，因為她一動也不動。

　　當白色廂型車開到垃圾堆那裡的時候，露易莎已經虛弱到只能勉強抬頭，眼睜睜地看著三名穿著制服的男子跳

出車外。救援人員把她抬起來的時候，她根本沒有掙扎。她早就嚇到全身僵硬。他們把她從垃圾堆拖出來，當時除了有微弱的呻吟從塌陷的胸口傳出來之外，幾乎毫無其它生命跡象。

露易莎被帶到提比里斯市立動物收容所，那是一棟與世隔絕的複式建物，座落在一大片寸草不生的灌木林地裡，就在利斯湖附近（Lake Lisi）。雖然地點僻靜，但收

為了過冬，棕熊必須先在體內儲存大量脂肪。因此夏天時，牠們都會盡可能地進食，這樣一來，等寒冬來臨時，才有夠厚的脂肪足以禦寒和夠多的熱量熬過冬眠。

知識小檔案

容所裡就像一座蜂巢一樣忙碌，戴著白色口罩的工作人員在醫務室忙進忙出，不管走到哪裡，都聽得到狗兒吠叫、小狗哀鳴、貓兒哭嚎。儘管收容所裡忙得不可開交，但早就擁擠不堪。許多動物因洪水受傷，被迫離開家園，來到這裡。

多數動物都被安置在長廊上的水泥狗屋裡。狗屋的設計是用來暫時安置流浪狗，並非專門為熊所準備。狗屋的地面和三面牆都是冰冷堅硬的水泥，正面是鐵柵門。對喬治亞和莫莉來說，粗糙荒涼的水泥地很不同於以前跟媽媽慵懶躺臥的溫暖野地，也跟樹上的柔軟樹皮不一樣，以前

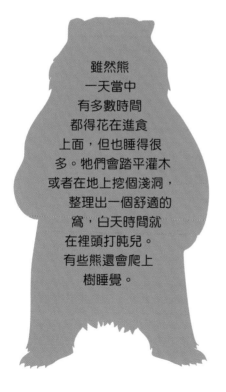

雖然熊一天當中有多數時間都得花在進食上面，但也睡得很多。牠們會踏平灌木或者在地上挖個淺洞，整理出一個舒適的窩，白天時間就在裡頭打盹兒。有些熊還會爬上樹睡覺。

知識小檔案

她們最愛爬到樹上睡覺。就連幾乎喪失任何感覺的露易莎，也不免留意到水泥地老是磨蹭著她那瘦到見骨的關節。但不管怎麼樣，人類還是覺得這裡對小熊們來說比提比里斯的馬路來得安全多了。

　　莫莉和喬治亞被安置在同一間狗屋裡。她們緊挨彼此，試圖摀住耳朵，不想聽見那些嚎哭和吠叫聲。她們很

有的熊喜歡
吃昆蟲。為了找到
這種美味又鬆脆的點心，
常會使出許多聰明的手段，
譬如把石頭翻過來、剖開
腐朽的原木、用尖長強韌
的前爪挖掘地表。

知識
小檔案

怕人類，每次只要有人靠近狗屋，就會兇猛吼叫。每當有新鮮水果和麵包被送進來，她們都會縮在狗屋最裡面，不敢去吃，一直要等到人類完全離開視線，才去進食。露易莎剛來這兒的時候，莫莉和喬治亞就不停嗅聞空氣。那味道很熟悉，有股霉味，像是熊的味道，但又被周遭氣味掩

蓋。有那麼一瞬間，喬治亞心想那會不會是媽媽的味道？可是聞起來又不像是成年的熊，而是小熊，裡頭還攙著恐懼跟孤單。這裡到底是什麼地方？為什麼小熊都被送進這裡？她蜷起身子，護著妹妹。不管他們要對她做什麼，她都會奮力抵抗，絕對不允許人類傷害她或傷害莫莉。

露易莎被獨自安置在隔壁的狗屋裡，與莫莉和喬治亞隔著一道很厚的水泥牆。她還是沒什麼力氣移動，但收容所的人幫她準備了乾淨的水碗和一些水果，當他們看見她去喝碗裡的水和吃了一些水果時，頓時寬心不少。他們本來以為她可能熬不過去，但仍發誓要盡力救活她。

第 五 章

　　洪災期間，很多動物從提比里斯動物園的圍場裡脫逃出來，在城裡流竄。也有許多動物被洪水困住而受傷。收容所盡可能地搶救牠們，但事後的照料卻是很大的工程。

　　二〇一五年七月，英國慈善團體梅休動物之家派人來拜會提比里斯市立動物收容所。其實梅休動物之家經常定期前來提比里斯，幫忙訓練收容所的獸醫，確保被救援的動物都能得到最妥善的照料。但這次梅休動物之家的執行

梅休
動物之家
的標誌

梅休動物之家是倫敦成效最佳的
動物福利組織之一，每年有成千上萬
隻被棄養、被虐待、和被疏於照顧
的貓狗，因這家組織的伸出援手
而擺脫悲慘的命運。

長卡洛琳・耶茨（Caroline Yates）也親自來訪。

　　梅休的團隊小組一抵達，立刻被帶去參觀收容所。當時每間狗屋都客滿，有的甚至塞了不下四條狗，於是只好

熊爪無法伸縮。這表示熊的爪子始終
都外露,跟貓爪不一樣。熊會利用爪子來爬
樹、挖掘、和處理食物。你可以從牠們的足跡裡
看見熊爪印。牠們的前爪看起來就像這樣子。

在通道裡擺放幾只木箱安置多出來的小狗和小貓。不管走到哪裡都聽得見狗吠聲。有的狗兒害怕地躲在籠子角落裡,也有的狗兒因洪水受傷,到現在都還在養傷。

好心的志工們在收容所裡忙進忙出,盡量安撫所有動物。可是他們的補給品就快用完,沒有足夠的食物和時間讓所有動物都得到應有的照料。

梅休動物之家的團隊小組最後被帶到外面那一區,小熊們就被安置在那裡。耳裡仍迴盪著狗吠聲的他們,瞄見

莫莉和喬治亞弓身躲在籠內最角落的地方。莫莉將臉埋進喬治亞濃密的毛髮裡，喬治亞則只露出兩隻眼睛和兩個耳朵，眼神驚恐地緊緊盯著他們，但顯然已經做好準備，只要有誰敢趨近威脅她和她妹妹，她都會跟他們拼命。狗屋地板上散落著麵包屑，破爛的毯子早被她們撕成碎片，景象淒涼。原本應該威風凜凜的山大王竟如此害怕地蹲在水泥製狗屋裡。

吸吮腳爪這種動作常見於自小就離開媽媽的小熊身上。這是壓力過大的表現。這會讓人聯想到一種不停振動的嗡嗡聲，就像小熊吸奶的聲音。被囚禁的小熊在感到害怕或需要安撫時，就會吸吮自己的腳爪。

知識
小檔案

隔壁的露易莎因為虛弱到無法移動，所以離鐵柵門很近。雖然她吃得比較好了，但還是瘦骨嶙峋。就在人類盯著她看的同時，她竟開始吮起自己的前爪，兩眼木然，思緒彷彿飄到很遠的地方，那裡沒有狗吠聲也沒有鐵柵門，她可以緊緊偎進媽媽和哥哥的溫暖懷抱裡，那裡的感覺好自由。

　　卡洛琳一看到這幾頭小熊，立刻知道自己一定得出手幫忙她們和這間收容所。雖然收容所裡的照護員已經盡了最大努力在照料這三頭小母熊，但如果不把她們從裡頭帶出來，恐怕必死無疑。因為那裡並不適合小熊生長。她們曾經熟知的野外生活正逐漸消失在遙遠的記憶裡。

第 六 章

　　為小熊們尋找新家成了當務之急。只有一流的動物保護區才適合她們居住。大家都希望能讓她們再次感受到腳下的綠地，在沁涼的溪流裡戲水，在茂密的林蔭下盡情享受。為了找到合適的新家，卡洛琳致電國際野生動物慈善團體**生而自由基金會**。

　　生而自由基金會聽說過希臘有一處保護區叫做大角星，那裡或許可以提供莫莉、喬治亞、和露易莎必要的環

目前在喬治亞共和國約有四百五十頭野熊，跟在希臘的數量相當。

境條件。這真是太好了！大角星原本就有十七頭熊住在那裡，而且那個地方就坐落在巍峨的溫諾山脈裡（Verno mountains）。就連「大角星」這名稱也完美到無以復加……它的意思是「熊的守護者」。**生而自由基金會**聯絡了他們，請教還有沒有空間容納三頭小熊。大家都在焦急地等候回覆，暗地交叉手指，希望好運降臨。

以動物保育和動物福利為唯一職志的國際野生動物慈善團體**生而自由基金會**創辦於一九八五年。他們的救援行動遍及全球各地，專門保護瀕危的動物，遏止個別動物的受害，深信野外才是野生動物的真正家園。

知識小檔案

　　所幸是好消息傳來！大角星可以為小熊們提供新家，只是他們沒有足夠的窩讓她們冬眠。另外就是運送的問題。莫莉、喬治亞和露易莎得展開一千五百多英里的旅程前往大角星……這得花上很多錢。

哪怕得把小熊們從喬治亞共和國的狗屋千里迢迢地送到希臘那片蔥綠的山脈裡，**生而自由基金會**也不會因任務的艱難而打退堂鼓。基金會裡的團隊成員個個都是安排動物救援之旅的好手，這次一樣難不倒他們！

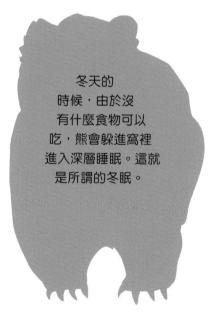

冬天的時候，由於沒有什麼食物可以吃，熊會躲進窩裡進入深層睡眠。這就是所謂的冬眠。

大角星是非政府組織，總部位於希臘，自一九九二年起，便致力於野生動物和自然環境的保護。如今他們有兩座保護區，專為失怙以及從動物園和馬戲團搶救出來的動物提供住所。

　　生而自由基金會在《英國周日郵報》（The Mail on Sunday）和流行歌手摩莉·金（Mollie King）的支持下，與梅休動物之家共同展開募款，募來的款項將用來購買健康的食物給仍留在收容所的小熊們吃，以及為她們建造足以保暖的臨時窩穴和處理出國遠行所需的大批文書作業，並包機從喬治亞直飛希臘，以及改裝木箱來載送她們！但

在她們踏上旅途之前，得先由生而自由基金會的獸醫主任約翰·奈特醫師（Dr. John Knight）來為她們做健康檢查。

熊這門學問被稱為熊屬動物學（Ursology），專門研究熊的人被稱為熊屬動物學家（ursologist）。

知識小檔案

第 七 章

　　約翰跟基金會的其他團隊成員抵達提比里斯時，這座城市才剛從洪災復原。那裡的居民們都很忙碌。損壞的地方大多已經修復，人們正慢慢回到常軌。

　　雖然收容所現在沒那麼忙了，被塞在走廊裡的狗兒也沒那麼多了，但狗吠聲仍然如雷貫耳。不過小熊們的情況還不錯。莫莉和喬治亞比較不怕人了。約翰醫師趨近她們的狗窩時，喬治亞竟還走到門口迎接，以為他會帶食物給

她吃。她運氣不錯！他真的隔著籠門遞給她一根香蕉，她趕忙抓住，退回角落。莫莉跟以前一樣小心翼翼，但兩隻眼睛一直緊緊盯著他另一隻手上的蘋果。約翰醫師把蘋果從籠門底下滾進去給她。她一把抓住，拖著腳退到後面，眼睛還是盯看著這個陌生的人類。

熊可以幫忙施肥和散播新的植物，因為被吃進去的水果種籽會隨著牠們的四處走動而被排泄到別的地方。（也就是所謂的動物糞便）

知識 小檔案

　　露易莎則完全相反，她非常渴望同伴，只要有照護員送食物過來，她都會試著巴上他們的大腿，想偎上去討摸。她想念以前跟哥哥的嬉戲玩耍，還有偎在媽媽懷裡的感覺。她好想要有另一頭小熊陪她玩。她總是好奇隔壁傳來的聲響和氣味。她知道那裡有別的小熊，而且是姐妹，跟她一樣年紀。不過沒有大熊陪在身邊。難道這些小熊也

在洪災裡變成了孤兒？她們也跟她一樣寂寞嗎？她根本看不到她們，但聞得到也聽得到她們。有時候她會閉上眼睛，吸吮腳爪，假裝那味道和聲音是她的家人。

　　露易莎的體重增加了一點，但還是過瘦。工作人員都很擔心她。他們告訴約翰醫師，露易莎獨處時，老是吸著腳爪。約翰醫師隨即上工，徹底檢查這三頭小熊，包括她

們的眼睛、耳朵、和牙齒，還觀察她們走路的樣子，細聽她們的心跳。他確認她們都是小母熊，然後跟工作人員聊了一下小熊們的行為和進食習慣，甚至觀察她們的大便！在經過了徹底的臨床檢驗之後，約翰醫師終於有了結論。

結論不太理想。小熊們都體重過輕而且營養不良，恐怕無法承受一千五百多英里的長途旅行，前往希臘的新家。露易莎需要增加的體重不少，而且這三頭小熊都有寄

多數的熊都有四十二顆牙齒。所有恆齒會在兩歲半的時候長齊。

知識
小檔案

60

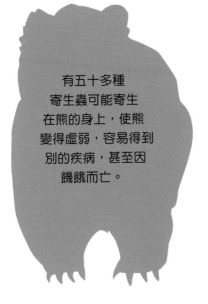

有五十多種
寄生蟲可能寄生
在熊的身上，使熊
變得虛弱，容易得到
別的疾病，甚至因
饑餓而亡。

生蟲的問題得治療。大家都很難過。不過目前的當務之急是盡快讓她們健康起來，才能啓程。

約翰醫師開始幫這三頭小熊治療寄生蟲的問題，也許就是因爲寄生蟲才害她們身上長不出肉。他向收容所建議該給小熊吃什麼食物才能增強體力，應付未來的長途旅行。他建議讓她們吃魚、堅果、莓果、和蜂蜜，再配上現

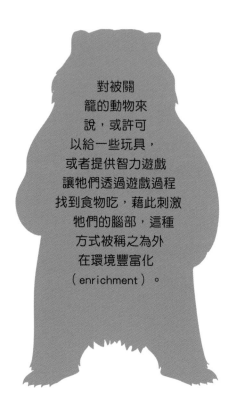

對被關籠的動物來說，或許可以給一些玩具，或者提供智力遊戲讓牠們透過遊戲過程找到食物吃，藉此刺激牠們的腦部，這種方式被稱之為外在環境豐富化（enrichment）。

知識
小檔案

在每天都在吃的水果和麵包。他帶來一種特製的球給她們玩，叫做輕鬆滾隆隆球（Boomer balls），還教收容所的工作人員如何把小熊最愛吃的食物藏進玩具和原木裡，刺激她們動腦。

　　由於莫莉、喬治亞、和露易莎都還沒做好旅行的準備，所以勢必得在提比里斯過冬。於是這間動物收容所裡的工作人員從梅休動物之家募得的款項裡頭撥出一部份，為小熊們建造出舒適的冬窩，幫忙她們熬過寒冷的季節。

準備過冬的小熊們似乎都很滿意現狀。她們漸漸習慣了提比里斯的生活。雖然這裡的條件不是最理想，但至少夠暖和也夠安全。這是件好事，因為等春天來臨時，她們就可以展開大冒險了！

在野外，
小熊會面臨到
很多危險。像
狼、大型貓科動
物、甚至連成年公熊都
會殺害小熊，吃掉牠們。
找不到足夠食物進食的小熊
可能會餓死。也有一些是死於
疾病或意外摔死。不過對所
有的熊來說，無論是成年的還是
年幼的，最大的威脅都來自於人類。

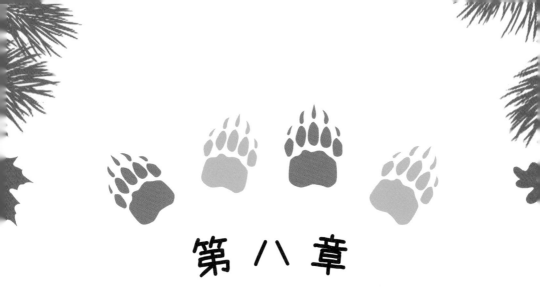

第 八 章

　　幾個月過去了，冬雪漸融。提比里斯的氣溫才剛回升，喬治亞就開始在她的小籠子裡來回踱步。她渴望到山林裡漫步，懶洋洋地躺臥在茂密的綠蔭下。她的小狗屋根本沒有空間可以玩耍。她好想伸伸腿，因為一個多天過去後，她又長高了不少。

　　雖然喬治亞並不知情旅行的事，但沒等多久她就知道了。約翰醫師已經確認這三頭小熊的健康情況良好，可以

貓狗都是用腳尖走路,所以稱之為趾行動物。而熊的走路方式近似人類,是腳跟先著地,稱之為跖行動物。

展開旅行。**生而自由基金會**一聽到這消息,馬上展開行動。他們把專用的木箱運到喬治亞共和國,並包了一台飛機打算將小熊們載送到希臘。而最後一關則是等喬治亞共和國的政府核准特殊的出口證明,就能進行搬遷。二〇一六年五月十三日,莫莉、喬治亞、和露易莎終於啟程前往新家!

　　這趟旅程從提比里斯的國際機場作為起點，她們會被裝在木箱裡送進機艙，再飛行四小時至北希臘的塞薩洛尼基國際機場（Thessaloniki International Airport）。來自大角星的工作人員和**生而自由基金會**的成員會在那裡迎接她們，到時還會有一台大卡車接應她們繼續踏上旅程。卡車將往西行駛三個小時，爬上覆滿林木的溫諾山脈，那天

　　下午稍晚，就能抵達大角星大熊保護區。約翰醫師會在全程緊盯這幾頭小熊，確保她們一路上都開開心心、健健康康。

　　終於等到這一天了。天還沒亮，大家就已經起床，對小熊們的這趟旅程，感到既興奮又緊張，但也難過得跟她

們從此道別。畢竟在收容所的這段日子裡，志工們早已跟小熊們建立了感情。

　　運送小組抵達的時候，喬治亞、莫莉、和露易莎都還睡得很熟。她們一醒來，便歪頭看著這些人，心想現在吃早餐也太早了吧？！運送人員的第一個任務是把小熊們各自移到個別的木箱裡，這些木箱本來是設計給花豹使用，

知識小檔案

在熊的物種裡頭，有一些是在海拔五千公尺以上的地方被發現。

但尺寸非常適合小熊們。人類來到小熊們的狗屋前面，莫莉和喬治亞立刻察覺到有奇怪的事情即將發生。一口巨大的箱子正朝籠門口推近，而且四周的人類數量比平常還多。其中有幾個甚至在拍照。

這些新箱子的尺寸比狗屋小很多，而且裡面很幽暗，看上去挺嚇人的。約翰醫師盡他所能地將喬治亞誘出狗窩，他知道她膽子最大，於是拿出工作人員特別準備的蜂蜜和蘋果來誘惑她。最後她的恐懼還是敵不過那甜美的氣味，慢慢爬進了木箱。她的身子一進到木箱，箱門立刻闔上，將她關在裡面。還在狗屋裡的莫莉驚慌失措。她這輩子從沒跟姐姐分開過。她已經在森林裡失去了媽媽，要是連姐姐也失去了，她情何以堪。喬治亞對著莫莉咕噥出聲，讓她知道她沒事。

莫莉則是很輕而易舉地就被誘進木箱裡。畢竟她曾看見她姐姐走進其中一口木箱，所以不想被單獨留在狗屋裡！露易莎則是最容易被誘哄的小熊，因為只要能被注意到，她什麼事都願意做。三頭小熊安全地進入木箱之後，立刻被送往離收容所不遠的提比里斯機場。一啟程，她們就不約而同地隔著木箱前面的籠門往外窺看，不停轉動耳朵，試圖理解到底發生了什麼事。自從被救援之後，這是她們第一次發現到從不間斷的狗吠聲竟被怪異的機器聲響

熊可以轉動耳朵來
鎖定聲音的來向。

知識
小檔案

取而代之了。

　　接下來的任務是把木箱安置進機艙裡。那是一台黃藍相間的小貨機，從希臘那裡特別包來載送小熊們。由於木箱很重，因此得靠堆高機來幫忙移進機艙。工作人員小心翼翼地看著木箱滑進機艙裡，心知肚明這種經驗對小熊們來說一定很可怕。但莫莉、喬治亞、和露易莎很勇敢，坦然接受這一切，一路上都沒抱怨。

　　引擎發動，小熊們眼帶興味地四處張望。機門被關

上，那幾張曾經熟悉和信任的人臉從此不見了，她們突然覺得孤單……尤其是莫莉，她被迫與喬治亞隔離，而喬治亞是她唯一的依靠，有她在，她才會心安。小熊們不明白耳裡聽到的奇怪聲音是什麼，也不懂為什麼要離開提比里斯？

知識小檔案

歐洲的棕熊普遍比美洲的棕熊體型來得小，成年公熊的平均體重約二百二十公斤。阿拉斯加的科迪亞克熊（Kodiak bear）是棕熊的另一個亞種，體重可以高達七百八十公斤。

　　沒多久，她們升空了。雖然還是很害怕和迷惑，但飛機千篇一律的轟隆聲響令她們昏昏入睡。在木箱裡打瞌睡的她們，就這樣飛越了喬治亞共和國的邊境，橫過土耳其、跨過愛琴海，終於降落在北希臘。落地之後，機門霍地打開，小熊們首度看見這個國度，從今以後，這裡就是她們的家了。乾燥的熱氣迎面撲來，好聞又新奇的味道竄入鼻孔。機艙裡原本充斥著小熊的麝香味，如今全被鹹鹹的海水味取代。所幸小熊們腳下的木箱地板還夠涼爽。

熊身上的毛髮有利於冬季保暖，但到了夏天，就會覺得很熱。熊主要是靠沒有長毛的腳掌皮膚來調節體溫，那裡血管很多，可以把降溫後的血液輸往身體其他部位。

知識小檔案

　　飛機跑道有一台大卡車在等她們。卡車的正面以及加了頂篷的後車廂都印有大角星幾個大字。頂篷可以保護小熊免於希臘的日曬之苦。保護區離機場還有三個小時的車程，因此海關文件一處理好，大家趕緊先吃午餐，小熊們則吃了些蘋果和香蕉，再加上剛出爐的希臘麵包。約翰醫師還準備了乾淨的冷水，小熊們很是感激地將水舔光，木箱底部也被水濺得到處都是。

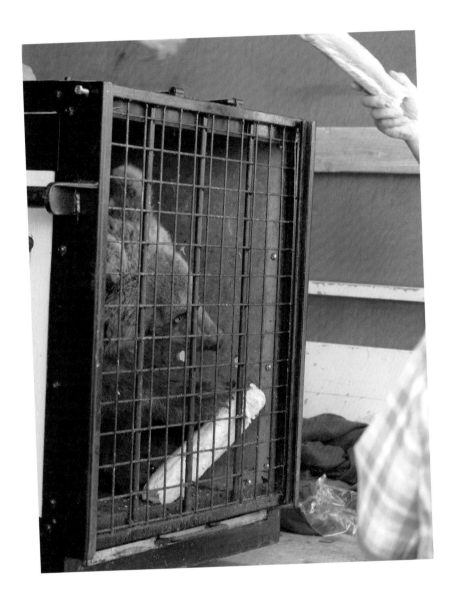

大角星保護區位於
海拔一千三百五十公尺高
的山上⋯⋯比艾菲爾鐵塔高出
四倍多，對歐洲棕熊來說是
很完美的生活環境。

　　吃完午餐，隨即展開最後一段旅程。這次的旅行令莫莉和喬治亞想起了幾個月前她們被帶往提比里斯收容所的情景，那時她們才剛失去媽媽沒幾天。這次她們又會被帶到哪裡去呢？提比里斯的狗屋雖然不是很舒適，但至少安全，而且那裡的人類都很和善。而這趟旅程所要前往的地方卻是完全未知的。莫莉輕聲哭泣，喬治亞咕噥回應她，莫莉這才寬心。只要姐姐還在，莫莉就會比較放心。

快接近終點時，山路開始變得陡峭。已經睡著的露易莎猛然被滾到木箱邊緣，瞬間嚇醒。她又開始吸吮自己的腳爪。她好希望有媽媽在這裡陪她。最後，她們終於抵達大角星大熊保護區的育兒場和隔離檢疫區。高聳瘦長的山毛櫸並列道路兩旁，黑色山雀在鳥窩裡不停鳴唱。

成年公熊俗稱為公豬（boars），成年母熊則俗稱為母豬（sows）。

第 九 章

　　大卡車緩緩駛過育兒場的大門，小熊們被放進臨時圍場裡，這裡離七公頃的林地只有二十分鐘的路程，那裡未來將成為她們永遠的家。再過沒多久她們就會發現這趟旅程雖然令人害怕，但這一切都是值得的。

　　一開始，小熊們只被允許待在小的醫務畜欄裡，這樣一來，只要有任何問題，才比較容易抓住她們。如果後續作業一切順利，就會再把她們移到面積較大的檢疫隔離

區。她們得在檢疫區裡待到園區中心的工作人員確定她們身上沒有染上任何疾病，而且已經習慣這裡，足以在保護區裡獨立生活為止。

一公頃是一種度量單位，面積比一個足球場再大一點。

知識 小檔案

當動物
被運送到
新的國家或
者如果來歷不
明時，都會先放進
檢疫隔離區裡觀察，
日後才可以跟那裡的
其他同種動物互動
生活。這是為了
預防疾病和惡疾
的擴散。

知識
小檔案

　　喬治亞先走出木箱，她試探性地踏進明亮的希臘陽光底下。最令她吃驚的是這裡好安靜。她曾經住在狗吠聲不斷的收容所裡幾乎一年，耳裡也還迴盪著卡車的隆隆聲

成年的熊會把身上的體味磨在
樹上，標示出自己的領地，可能是
伸展全身，用後背去摩擦，或者
啃咬或用爪子耙抓樹皮。

知識
小檔案

響，如今耳根子總算清靜。她走了幾步，感受腳下乾燥柔
軟的大地以及被太陽曬得暖哄哄的背。她邁步疾奔，跑了
一大圈，隨性地往地上一躺。大角星的工作人員在陽光遍
灑的地面上放了好幾顆蘋果還有蜂蜜，鼓勵小熊們探索新
家。喬治亞開心地滾來滾去，酸痛的肩膀緊緊抵住地面，
伸長著腿，盡情舔食蜂蜜。

　　沒多久，莫莉也加入她。她們在沙土上翻滾，互咬對方的耳朵和臉，開心地吱吱尖叫。她們終於有地方可以玩耍！過不了多久，隨著希臘新生活的展開，她們對提比里斯的記憶終將消失。不管是狗吠聲還是狗的味道，都將在希臘山區的蟲鳴鳥叫聲和清新甜美的空氣裡化為烏有。

對小熊們來說，玩耍不只是遊戲而已，也可以從中學到打架和狩獵的技巧。此外，遊戲也會教牠們解讀別頭熊的肢體語言，知道何時該屈服於對方。

知識小檔案

　　現在該是時候讓莫莉和喬治亞見露易莎了。大家都有點緊張。有時候熊如果覺得茫然或者受到威脅，可能就會打起來。通常小熊們都是從母熊那裡學會如何社交互動。可是失怙的小熊們沒有這樣的機會，所以很難預測她們會有什麼反應。

　　儘管這麼久以來，她們一直住在隔壁，每天都聞得到對方的味道，卻是第一次讓三頭小熊互相碰面。大家都認

為露易莎一定很開心終於有了玩伴，但又擔心莫莉和喬治亞可能聯手攻擊她。在野外，小熊鮮少與其他非直系親屬的熊互動。約翰醫師建議最好把兩姐妹逐一介紹給露易莎，以免她們聯手欺負露易莎。

　　喬治亞先上場，因為她膽子最大。門一打開，兩頭小熊都不知道該怎麼辦，反倒動也不動地站在原地。對露易莎來說，這是自從她與媽媽和哥哥失散之後，第一次見到

小熊玩起來很粗暴，但其實都會很小心翼翼地不去傷到彼此。

知識
小檔案

別頭熊。她住在喬治亞隔壁已經很久了，如今終於有了碰面機會，卻反而忘了該如何玩耍。她低下頭，兩隻小耳朵往前垂。她不想惹上麻煩。兩頭小熊都在揣測對方是否構成威脅。露易莎打了個呵欠，試著示意喬治亞，她無意挑釁。

很多熊都是透過肢體語言進行溝通……包括頭顱、耳朵、嘴巴和身體的動作。

　　最後喬治亞朝露易莎走過去，從頭到尾地嗅聞她。露易莎繃緊全身肌肉，不敢相信這就是這陣子以來一直住在她隔壁的那頭熊！她不像會構成什麼威脅。她們是同類，曾經一起住在那座奇怪的收容所裡，然後又千里迢迢地來到希臘的新家。

喬治亞試圖邀露易莎一起玩，但露易莎太害怕了，反而往後退，不停嗅聞地面，希望喬治亞能懂她的意思。喬治亞懂了，於是把注意力轉移到救援小組和攝影師身上，後兩者一直在圍籬外面默默觀察和記錄整個過程。喬治亞朝他們撲過去，好奇他們在做什麼。

雖然工作人員都希望小熊們可以做朋友，但也知道這一切都得慢慢來。最重要的是，喬治亞並沒有出現挑釁行為，這一點令他們寬心不少。接下來輪到莫莉了。她就跟露易莎一樣害羞，互相繞著對方轉，身子貼近地面，嗅聞空氣，每隔幾秒便偷覷對方一眼。圈圈越繞越小，兩頭小熊終於碰觸彼此。這一次是露易莎先主動，她伸長吻鼻，嗅聞莫莉的臀部。

　　工作人員全都屏住呼吸，暗地希望莫莉可以說服露易莎一起玩耍。露易莎在地上打滾，向莫莉坦露肚子，邀她玩角力遊戲。工作

人員興奮地觀看……露易莎終於要有朋友了！但卻出乎意料地令所有在場人士失望了，莫莉突然轉身背對露易莎，冗自走開。露易莎翻身側躺，開始吸吮自己的腳爪。

　　其實大家也不指望她們能馬上當朋友，至少她們能夠容忍彼此的存在，以後還有很多時間可以慢慢建立友誼，最重要的一點是，她們已經平安地抵達山裡這處漂亮的新家。

第十章

　　幾天後，她們適應了圈欄裡的各種聲響和味道，也越來越習慣希臘的生活。這裡氣候宜人，食物美味，工作人員都很和藹可親。莫莉和喬治亞多半時候還是玩她們自己的，對露易莎視而不見。自從露易莎一開始被拒絕之後，便再也不敢嘗試加入她們，儘管如此，還是比以前在提比里斯的狗屋裡開心許多。她每天都在乾爽的地上打滾，看著另外兩個姐妹在圈欄裡追逐彼此。

由於她們表現得不錯，大角星的工作人員決定把這幾頭小母熊移進檢疫隔離區的圍場裡，那兒比圈欄來得大很多，有大片的草地，還有土丘可以攀爬，更有樹幹可以耙抓。小熊們四處閒逛，嗅聞每株植物和每根原木，互相發

出興奮的呼嚕聲。腳下草地觸感柔軟，富有彈性，聞起來清香甜美。小熊們都被這些全新的感官刺激弄得心不在焉，幾乎沒注意到圍場裡其實早就住著另一頭熊，他是派屈克。

知識小檔案

在希臘，盜獵者會為了盜取小熊而殺害母熊，再把小熊轉賣去當跳舞熊。可憐的小熊鼻子和嘴唇會被穿上環狀物，這樣一來，就能被馴獸員控制，牙齒也會被全數打掉，以免對人類造成威脅。牠們會被強迫站在很燙的鐵板上，逼得牠們只能用後腿跳來跳去，看上去就像在跳舞。

派屈克跟莫莉、喬治亞、和露易莎一樣也是孤兒。他是在離大角星大熊保護區不遠的地方被發現，當時只有他孤零零一個。他的媽媽可能是被車撞死了，派屈克從此失怙。派屈克只比這幾頭小母熊大幾個月而已，在她們抵達之前，一直獨自住在圍場裡。大家都希望他能開心地接納三頭小熊來跟他作伴，不會太過度保護自己的領地。

知識
小檔案

棕熊通常不太具有領地性。雖然牠們都是獨自過活和狩獵，但在活動領域上往往願意與別頭熊分享，有時候還會組隊一起狩獵。

他們確實不必擔心，派屈克很快就找到了新朋友。就在莫莉和喬治亞徘徊於圍場邊緣，想要人類過來看她們，賞她們水果和蜂蜜吃時，露易莎竟直接朝派屈克跑過去，撲上他！也許是這頭小公熊令她想起了自己的哥哥，又或者是她已經從她跟莫莉和喬治亞的會面過程中學到了一些經驗，抑或只是她一時之間突然變得勇敢起來。無論原因是什麼，從那時起，他們就再也不分開了。哪怕派屈克睡得很沉，呼聲很大，露易莎也依然蜷伏在他身邊，頭顱緊緊靠著他毛絨絨的後背。

由於莫莉、喬治亞、露易莎、和派屈克都是年幼失怙，錯失了母熊關鍵性的教導，不懂得如何野外求生，因此得完全仰仗人類提供食物，也完全喪失了懼怕人類的天性。基於這些理由，這幾頭小熊再也不能野放到野外生活，必須永遠待在大角星裡。還好這處保護區位於歐洲荒野的正中央，已經是求之不得地極度近似野外環境了。

住在大角星大熊保護區裡的每一頭熊都有不為人知的辛酸過往。有些是從環境惡劣的動物園被救出來，也有些

曾是街上的跳舞熊，還有些曾當過人類的寵物。現在牠們都住在一座很大的森林圍場裡，過著健康又安全無虞的生活。由於莫莉、喬治亞、露易莎、和派屈克年紀還小，因此會待在檢疫隔離區裡過冬。工作人員希望來年春天時，小熊們已經做好準備，可以搬進熊森林裡。

有時候希臘的
牧羊人會射殺野熊
和野狼，因為他們怕
牠們會吃掉羊隻。

第 十 一 章

　　在寧靜的山區收容所裡，樹葉漸被染成金黃紅澄，四頭小熊已經安頓下來，把這兒當成了自己的家。這裡不時可看見露易莎和派屈克的足跡蜿蜒橫過整片圍場。他們併肩奔跑，從地上腳印就看得出來淘氣的他們四處探索了好幾個小時。派屈克的腳印比較大也比較深，而且總是跑在露易莎前面，可見他們的冒險都是由他在主導。

　　大片平坦的草木區是莫莉和喬治亞最愛遊戲的地方。

熊的足跡就像指紋一樣，
腳底板的裂紋和斷掉的爪子都是其中的
明顯特徵。真正厲害的追蹤者只要看到熊的
足跡，就能知道牠的年紀、體重、和性別。

　　她們喜歡在青蔥的草地上打滾，尤其是吃完午餐，肚子裡裝滿美味的肉類和水果之後。

　　在野外，小熊會在三到四歲的時候離開媽媽，挑選自己喜歡的地方住。但隨著盜獵的盛行以及自然棲息地的森林被砍伐殆盡，牠們能為自己找到的安全居所越來越少。

　　對棕熊來說，雖然野外的森林是最理想的生活場所，

但這四頭失怙的小熊算是幸運，因為保護區裡的山毛櫸樹林也能為他們提供安全的生活環境，讓他們可以過得健健康康和開開心心。

　　這一切都是一些好心人努力下的結果，多虧有了他們，莫莉、喬治亞、露易莎、和派屈克才能在未來的日子裡把熊森林當成自己的家。

# 野外的熊

北極熊

　　這些塊頭很大的白熊是住在北極的海冰上，那裡是全球最寒冷的地區之一。牠們有很厚的脂肪和毛髮可以保暖，前爪部份有蹼，有助於在冰冷的海水裡游泳。

北極熊統計數字：

- 🐾 預估的北極熊數量：兩萬兩千頭到三萬一千頭
- 🐾 北極熊的分佈遍及北極極圈那些被冰封的水域上
- 🐾 數量狀況：易危物種

北極熊受到什麼威脅？

　　全球氣溫的上升造成冰原快速縮小，而那裡正是北極熊捕獵海豹的地方。最南端的北極熊數量正在不斷減少當中。

美洲黑熊

　　土生土長在北美洲森林裡的美洲黑熊，體型上比棕熊小許多，毛髮較短、毛色較深。在熊的物種裡，美洲黑熊是最常見的一種。

美洲黑熊統計數字：

- 🐾 預估的美洲黑熊數量：八十五萬頭到九十五萬頭
- 🐾 分佈於北美洲
- 🐾 數量狀態：無危物種

野生的美洲黑熊受到什麼威脅？

　　在美國和加拿大，人們可以為了娛樂目的或者為了取得肉和毛皮而合法獵捕美洲黑熊。而人類的不斷開發和道路工程的施作，也使得牠們逐漸喪失大片的棲息地。

亞洲黑熊

也被稱為月亮熊，因為胸前有月亮狀的白色毛髮。這個物種的熊有蓬亂的黑色毛髮，頭部鬃毛很厚。

亞洲黑熊統計數字：

- 預估的美洲黑熊數量：未知
  預估範圍從三萬六千頭到七萬六千頭都有

- 分佈於南亞和東亞

- 數量狀態：易危物種

野生的亞洲黑熊受到什麼威脅？

對亞洲黑熊來說，最大的威脅來自於熊膽汁這門產業。在傳統的中醫裡，熊的膽汁可用來治病。而膽汁是從熊的膽囊裡取得。據說目前有一萬兩千多頭熊被養在農場裡提供膽汁。

棕熊

在熊的所有物種裡頭，棕熊在全球各地分佈的範圍最廣。龐大的體型和隆起的肩背是最好的辨識特徵。

棕熊統計數字：

- 預估全球的棕熊數量：超過二十萬頭

- 分佈於北美洲、歐洲、亞洲

- 數量狀態：無危物種

野生的棕熊受到什麼威脅？

在歐洲，棕熊的處境艱難，因為天然荒原所剩有限，再加上且經常有人非法盜獵棕熊，有時候牠們的小熊會被送進動物園、馬戲團裡，或者被訓練成跳舞熊。

大貓熊

大貓熊向來以黑白分明的漂亮毛色和溫和的性情聞名於世。牠們只吃竹子，醒來的時間幾乎都在進食。

大貓熊統計數字：

- 🐾 預估全球的大貓熊數量：一千到兩千頭
- 🐾 分佈在中國西部
- 🐾 數量狀態：易危物種

野生的大貓熊受到什麼威脅？

高海拔的竹林被開發成農地，侷限了大貓熊的活動區域，竹林範圍因此變得七零八落，害大貓熊難以找到可居住的新家或可吃的食物。

懶熊

在熊的所有物種裡頭，只有懶熊是以昆蟲為主食。為了因應這種特殊的飲食習慣，懶熊的吻鼻部較長也較靈活，並有彎曲的爪子，有利於挖掘。

懶熊統計數字：

- 🐾 預估全球的懶熊數量：大約兩萬頭
- 🐾 分佈於印度、尼泊爾、斯里蘭卡、和不丹
- 🐾 數量狀態：易危物種

野生懶熊受到什麼威脅？

懶熊面臨到廣泛的威脅。由於人類的不斷開墾和興建道路，懶熊正逐漸失去牠們的棲息地。成年懶熊的骨頭、牙齒、和爪子可作為藥材或被拿來製成幸運符，因此常成為盜獵者的目標。

馬來熊

在熊的所有物種裡頭，馬來熊的體型最小。馬來熊大部份的時間都在樹上，很喜歡吃蜂蜜。牠的舌頭非常長，可以從蜂巢裡抽取蜂蜜。每頭馬來熊胸前的斑紋形狀都不一樣。

馬來熊統計數字：

- 🐾 預估全球的馬來熊數量：未知
- 🐾 分佈於東南亞、中國、印度、和孟加拉
- 🐾 數量狀態：易危物種

野生馬來熊受到什麼威脅？

馬來熊面臨三種主要威脅：棲息地的喪失、商業性狩獵、和寵物交易。由於牠們是世界上體型最小的熊，因此有些人誤以為馬來熊可以當成寵物養，於是從母熊那裡偷走小馬來熊，將牠們關起來，結果常因不當飼養而死亡。

眼鏡熊

在熊的所有物種裡頭，只有眼鏡熊分佈在南美洲。牠們的臉很短，臉上常有黃色和白色斑紋，居住在偏遠的山區，因此對牠們所知甚少。

眼鏡熊統計數字：

- 🐾 預估全球的眼鏡熊數量：未知
- 🐾 分佈於玻利維亞、哥倫比亞、厄瓜多、秘魯、和委內瑞拉
- 🐾 數量狀態：易危物種

野生的眼鏡熊受到什麼威脅？

眼鏡熊會因身上的毛皮、爪子、脂肪、肉、和膽汁而被獵捕，拿到黑市販售。此外眼鏡熊也因採礦、道路開發、農業、和原油的開採而逐漸喪失自己的棲息地。

蘋果文庫 115

拯救大熊
Bear Rescue

作者｜潔西・弗倫斯（Jess French）
譯者｜高子梅

責任編輯｜陳彥琪
封面設計｜伍迺儀
美術設計｜黃偵瑜
文字校對｜許仁豪

創辦人｜陳銘民
發行所｜晨星出版有限公司
行政院新聞局局版台業字第2500號
總經銷｜知己圖書股份有限公司
地址｜台北 106台北市大安區辛亥路一段30號9樓
TEL：(02)23672044 / 23672047　FAX：(02)23635741
台中 407台中市西屯區工業30路1號1樓
TEL：(04)23595819　FAX：(04)23595493
E-mail｜service@morningstar.com.tw
晨星網路書店｜www.morningstar.com.tw
法律顧問｜陳思成律師
郵政劃撥｜15060393（知己圖書股份有限公司）
讀者專線｜04-2359-5819#230

印刷｜上好印刷股份有限公司

出版日期｜2019年02月15日
定價｜新台幣230元

ISBN 978-986-443-834-1
By Jess French
Copyright © Hachette Children's Group, 2017
Text copyright © Jess French, 2017
Images copyright © Arcturos, Born Free Foundation, John Knight,
Mayhew NACRES, Merric Tooley (Air Charter Services)
This edition arranged with Hachette Children's Group
through Big Apple Agency, Inc., Labuan, Malaysia.

國家圖書館出版品預行編目資料

拯救大熊／潔西・弗倫斯（Jess French）著；高子梅譯.
-- 臺中市：晨星，2019.02
　面；　公分. --（生而自由系列）（蘋果文庫；115）

譯自：Bear Rescue : true-life stories

ISBN　978-986-443-834-1（平裝）

873.59　　　　　　　　　　　　　　107022639

生而自由系列

立即加入會員

1. 掃描「線上填寫」QR Code，立即獲得價值50元購書優惠卷！
2. 拍照本回函資料，加入官方Line@，再以Line傳送，或是傳至官方FB粉絲團。

QR Code
「線上填寫」

Line QR Code
「官方line@」

FB QR Code
「官方FB粉絲團」

蘋果文庫 悄悄話回函

親愛的大小朋友：

感謝您購買晨星出版蘋果文庫的書籍。歡迎您閱讀完本書後，寫下想對編輯部說的悄悄話，可以是您的閱讀心得，也可以是您的插畫作品喔！將會刊登於專刊或FACEBOOK上。可將本回函拍照上傳至FB。

★購買的書是：<u>生而自由系列：拯救大熊</u>

★姓名：_____ ★性別：□男 □女 ★生日：西元___年___月___日

★電話：_____ ★e-mail：_____

★地址：□□□ _____ 縣／市 _____ 鄉／鎮／市／區

_____ 路／街 ___ 段 ___ 巷 ___ 弄 ___ 號 ___ 樓／室

★職業：□學生／就讀學校：_____ □老師／任教學校：_____

□服務 □製造 □科技 □軍公教 □金融 □傳播 □其他 _____

★怎麼知道這本書的呢？

□老師買的 □父母買的 □自己買的 □其他 _____

★希望晨星能出版哪些青少年書籍：（複選）

□奇幻冒險 □勵志故事 □幽默故事 □推理故事 □藝術人文

□中外經典名著 □自然科學與環境教育 □漫畫 □其他 _____

★請寫下感想或意見